Analyse de l'œuvre

Par Delphine Leloup
et Alexandre Randal

Pierre et Jean

de Guy de Maupassant

Rendez-vous sur lepetitlitteraire.fr et découvrez :

Plus de 1200 analyses
Claires et synthétiques
Téléchargeables en 30 secondes
À imprimer chez soi

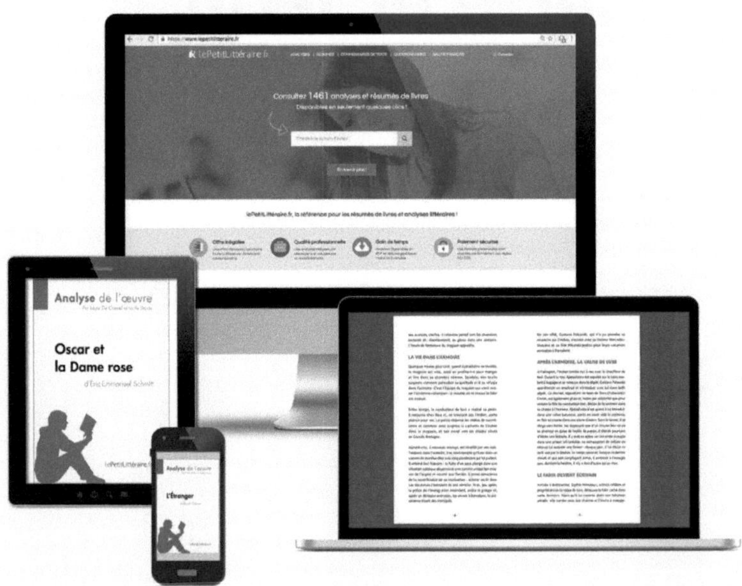

GUY DE MAUPASSANT

ROMANCIER ET NOUVELLISTE FRANÇAIS

- **Né en 1850 à Tourville-sur-Arques (France)**
- **Décédé en 1893 à Paris**
- **Quelques-unes de ses œuvres :**
  - *Boule de suif* (1880), nouvelle
  - *Les Contes de la Bécasse* (1883), recueil de nouvelles
  - *Bel-Ami* (1885), roman

Né en 1850, Guy de Maupassant est un écrivain français, auteur de six romans et de près de trois-cents nouvelles. Il passe sa jeunesse en Normandie, où il commence des études de droit. En 1870, il s'engage comme volontaire dans la guerre franco-prussienne, puis s'installe à Paris où il travaille comme fonctionnaire.

Gustave Flaubert (1821-1880), qui est un ami de sa mère, le prend sous sa protection et l'introduit dans les milieux littéraires. Il fréquente alors les écrivains réalistes et na-turalistes, dont Émile Zola (1840-1902). De 1880 à 1890, il écrit des romans (*Une vie*, *Bel-Ami*, etc.) et de nombreuses nouvelles réalistes (*Boule de suif*, *La Maison Tellier*, etc.) ou fantastiques (*Le Horla*, *La Peur*, etc.) dans lesquelles il rend compte de sa vision pessimiste de la société. Il sombre dans la folie en 1890 et meurt trois ans plus tard.

PIERRE ET JEAN

UN DRAME FAMILIAL AUX ACCENTS RÉALISTES

- **Genre :** roman
- **Édition de référence :** *Pierre et Jean*, Paris, Livre de Poche, coll. « Les classiques de Poche », 1997, 218 p.
- **1re édition :** 1887
- **Thématiques :** jalousie, rivalité, secret, amour, argent, bourgeoisie, recherche de soi-même, adultère

Pierre et Jean est le quatrième roman de Maupassant. Il raconte l'histoire et les inimitiés de deux frères issus d'une famille bourgeoise. Ceux-ci s'éloignent l'un de l'autre lorsque le cadet, Jean, hérite de la fortune d'un ami de la famille, alors que Pierre ne touche pas un centime. Ce dernier se lance alors dans une grande investigation pour comprendre les raisons de ce don.

Les thèmes présentés dans ce livre sont, entre autres, la jalousie, la bourgeoisie, la mer (et l'eau), les liens illégitimes entre parents et enfants et la recherche de soi-même. Les actions se déroulent de façon assez linéaire et le style est accessible, même si l'auteur emploie parfois un langage plus populaire dans les dialogues entre les personnages.

RÉSUMÉ

Le livre débute par une partie de pêche en famille lors de laquelle sont présents M. Roland, sa femme, leurs deux fils déjà adultes et une amie, Mme Rosémilly. Tout sépare les deux frères, qui entretiennent une jalousie mutuelle depuis l'enfance. Ils souhaitent tous deux conquérir Mme Rosémilly, une jeune veuve bien nantie financièrement et, pour cela, ils tentent de démontrer leur force et leur capacité à diriger le bateau familial. De retour sur la terre ferme et après quelques instants de flânerie, la famille et Mme Rosémilly rentrent à la maison. À peine arrivés, ils sont interpelés par la bonne qui leur annonce qu'un représentant du notaire est venu dans la journée et que le notaire en personne viendra les visiter dans la soirée. Les spéculations vont bon train en ce qui concerne les raisons de sa visite, mais elles sont vite élucidées : il est question d'un héritage. M. Maréchal, un ami de la famille, a légué toute sa fortune à Jean.

Pour se remettre de leurs émotions, les deux frères sortent chacun de leur côté, puis se retrouvent finalement à rêvasser ensemble devant la mer. Leur chemin se séparent ensuite à nouveau : Pierre rend visite à un de ses amis et boit quelques verres avec lui avant de rentrer chez ses parents.

Le lendemain, sentant qu'il a quelque chose à prouver, Pierre se met à la recherche d'un appartement dans lequel il pourrait exercer la médecine et trouve finalement le local approprié. La caution étant élevée, il envisage d'emprunter de l'argent à son frère Jean. Il commence à parler de l'héritage de son frère autour de lui et constate que les gens prennent Jean pour un fils illégitime qui aurait hérité de son père biologique. Il décide alors de conseiller à son frère de renoncer à sa fortune afin de ne pas discréditer leur mère aux yeux de la société. Car si Jean est bel et bien un enfant illégitime, cela signifie que Mme Roland est, elle, coupable d'adultère. Il attend le moment propice pour lui en parler.

Le lendemain, Pierre prend le large sur *La Perle*, le bateau de son père, et ne revient que pour le diner. Il perd la tête en apprenant que le logement qu'il voulait occuper a été loué par son frère. En colère, il décide de mener de nouvelles recherches sur les vraies origines de Jean. Il tente de se rappeler à quoi ressemblait M. Maréchal, s'il avait des traits communs avec son fils présumé et s'il a déjà eu un geste ou une parole déplacée envers sa mère qui pourrait laisser croire qu'ils entretenaient une liaison. Après une longue réflexion, il lui semble évident que sa mère a trompé son père, trahison très dure à digérer pour le jeune homme qui ne pense qu'à fuir la maison pour mieux réfléchir à d'autres preuves. Devant les soupçons de son fils, Mme Roland commence à prendre peur et à avoir des crises d'anxiété, ce que Pierre interprète comme le signe de sa culpabilité.

Pour célébrer l'installation du jeune héritier dans son appartement, la famille Roland et leurs invités (M. Beausire et Mme Rosémilly) se rendent à la campagne. Cette sortie en plein air pousse Jean à demander la main de la jeune veuve, dont il est épris.

De retour, Jean fait visiter son nouveau logis à sa fiancée et à ses parents, et tous sont surpris par le luxe et la beauté des lieux. À la fin de la soirée, quand tout le monde est parti,

Pierre et Jean laissent aller leur cœur. Le premier annonce la trahison de leur mère, tandis que le second pointe du doigt la jalousie de son frère. Pierre s'enfuit de la maison de son frère et Jean s'en va consoler sa mère, éplorée, qui commence à lui raconter son histoire et son amour pour M. Maréchal, qu'elle considérait comme son âme sœur. Ému par la confiance que lui témoigne sa mère, qui n'hésite pas à se confesser à lui, Jean la raccompagne dans la maison familiale.

Une fois seul, Jean s'interroge sur l'attitude à adopter face à son héritage et à son frère, qu'il lui faut à tout prix éloigner de la famille. Le lendemain, il lui parle de *La Lorraine*, un paquebot transatlantique qui engage du personnel, notamment des médecins. L'idée de s'y engager attire beaucoup l'ainé des Roland. Jean appuie donc sa candidature auprès du responsable, M. Marchand, puis va rendre visite à la belle Rosémilly qu'il demande officiellement en mariage.

Pierre fait part de son envie de s'embarquer sur le paquebot, annonce qui réconforte à la fois sa mère, qui se sent moins torturée de le savoir loin d'elle, et Jean, qui espère ainsi que la jalousie et la tristesse de son frère s'atténueront.

Le livre se termine sur les adieux de la famille Roland à Pierre, qui s'éloigne comme un apatride pour maintenir l'apparente intégrité de sa mère et l'équilibre de sa famille. En effet, rester aurait signifié mettre fin au secret de famille, bien gardé par Mme Roland, car il n'aurait pu cacher cela plus longtemps à son père.

ÉTUDE DES PERSONNAGES

M. ROLAND

M. Roland est un homme qui était auparavant bijoutier et qui vit maintenant de ses rentes. Il s'est acheté un petit bateau de plaisance pour pêcher le poisson. Il apparait un peu colérique au premier chapitre (quand il fait une mauvaise pêche) et comme quelqu'un de très susceptible. Il a des opinions arrêtées sur bien des sujets et n'accepte jamais d'en changer. D'ailleurs, personne n'a jamais pu lui tenir tête.

C'est quelqu'un de simple, dans le mauvais sens du terme : il ne semble jamais pousser bien loin ses réflexions. Il ne s'aperçoit d'ailleurs à aucun moment de ce qui tourmente sa femme et prend ses malaises pour de simples crises de nerfs, car c'est ce que lui dit Jean. Il aime boire et faire la fête avant de s'endormir profondément. Il est défini comme quelqu'un de très peu raffiné, tout à fait incapable de prendre de grandes décisions.

On apprend dans le chapitre I qu'il a vécu à Paris, où il a rencontré M. Maréchal, son ami.

MME ROLAND

Mme Roland, de nature joviale et sociable, semble être une personne douce et sensible, sincèrement chagrinée de la rivalité qui existe entre ses deux fils. Elle met toujours tout en œuvre pour fuir les conflits. On la dit sentimentale et romanesque (elle aime la lecture, la rêverie et la poésie). Elle a souvent l'impression de ne pas être totalement comblée par la vie et est malheureuse dans son mariage. Par ailleurs, elle fait preuve d'une grande émotion à l'annonce de la mort de M. Maréchal qu'elle estimait beaucoup et dont elle était secrètement amoureuse.

Lorsque son fils Pierre la suspecte d'être une épouse adultère, elle développe des crises d'angoisse. Sa loyauté envers ses enfants la pousse à avouer son délit. Elle prête une grande attention à ce que son entourage proche pense d'elle. Elle peut être lâche quand elle veut s'assurer de l'affection des siens : elle menace Jean de disparaitre s'il ne lui pardonne pas de lui avoir caché l'identité de son vrai géniteur. Elle est néanmoins une bonne mère.

Mme Roland incarne les valeurs bourgeoises : elle a une maitrise d'elle-même, une bonne éducation et est économe. Elle parait très jeune pour ses 47 ans ; ses cheveux commencent à peine à blanchir.

PIERRE ROLAND

Pierre a les cheveux foncés, presque noirs, et des favoris. Il a cinq ans de plus que son frère Jean, qui ne lui ressemble pas du tout physiquement. Il est assez inconstant. Il a eu beaucoup de mal à choisir sa voie et s'est essayé à diverses formations avant de trouver celle qui lui convenait : la médecine. Pourtant, cette difficulté à faire un choix n'est pas une preuve d'incapacité puisque Pierre est décrit comme quelqu'un d'intelligent, « plein d'utopies et d'idées philosophiques » (p. 21). Il a été promu docteur grâce à sa ténacité, mais aussi grâce à l'intervention du ministre qui lui a fourni un coup de pouce. On le dit emporté et rancunier et on l'oppose très clairement à son jeune frère en ce qui concerne le caractère.

Premier-né, Pierre a toujours ressenti une certaine envie mêlée d'affection à l'égard de son frère. Jaloux, il estime que son cadet fait preuve de mollesse et de bêtise. La compétition qui l'oppose à Jean est un moteur qui le pousse à réaliser ses objectifs et à se créer un plan de carrière. Pourtant, il est conscient qu'il serait mieux pour lui d'arriver à se départir de la jalousie qu'il ressent. Il souffre d'un grand manque d'affection et pense parfois au mariage même si, paradoxalement, cette idée le rebute.

Bien qu'il soit le fils légitime, Pierre le rebelle est souvent délaissé au profit de son cadet et est amené à s'exiler pour assurer la pérennité de la famille Roland. Il se sent coupable de trahir sa mère tant aimée et préfère la fuir, car il sait qu'il la fera souffrir s'il reste.

JEAN ROLAND

Jean est blond, porte une barbe et est plus jeune que son frère. Il a choisi le métier d'avocat et a fait ses études à Paris. Il n'a pas de gout pour les études, mais il lui a bien fallu en faire, car cela sied aux bourgeois. Contrairement à Pierre, il a toujours voulu se destiner au droit et a réussi sa formation dès la première tentative. Il est volontaire, calme et posé.

L'annonce du notaire quant à son héritage le laisse, dans un premier temps, presque de marbre : il n'est pas vénal et semble vouloir gagner son argent honnêtement. En re-

vanche, plus tard, il a bien du mal à renoncer à cet héritage
ou même à accepter de le partager avec son frère.

Il tombe amoureux de la jeune Rosémilly, une amie de la
famille.

MME ROSÉMILLY

Jeune veuve d'une vingtaine d'années au physique agréable
(blonde aux yeux bleus et chevelure un peu indomptable),
Mme Rosémilly a été la compagne d'un riche capitaine de
la marine, décédé en mission. Elle est une amie proche de
Mme Roland, qui s'en méfie néanmoins, lui trouvant des
mœurs assez libres. Elle est l'objet d'une compétition entre
les deux frères qui cherchent à gagner ses faveurs, mais elle
se décide finalement à accepter la demande en mariage de
Jean.

M. MARÉCHAL

On ne connait pas ce personnage de son vivant : c'est sa mort
qui est l'évènement déclencheur de la soudaine fortune de
Jean et de la jalousie de Pierre. On apprend à le découvrir
grâce aux souvenirs qu'en ont les Roland. Pierre, notamment, se souvient de lui lorsqu'il avait une soixantaine
d'années. À cette époque, sa chevelure et sa barbe étaient
blanches et il avait d'épais sourcils de la même couleur. Il
était de taille moyenne et avait des yeux clairs. Dans ses
spéculations, Pierre croit se souvenir que M. Maréchal était
blond.

C'était un homme apparemment très aimable et très doux

qui aimait beaucoup aider les démunis. En cela, sa personnalité est semblable à celle de Mme Roland et de Jean. C'était
également un homme très intelligent, avec un bon esprit
critique et qui adorait la poésie tout comme Mme Roland.

MAUPASSANT ET SON ÉPOQUE

Maupassant a vécu durant un siècle de profonds bouleversements. Il a tout d'abord grandi sous le Second Empire (1851-1870). Durant cette période, c'est Louis-Napoléon Bonaparte (homme politique français, 1808-1873), l'un des neveux de Napoléon Ier (1769-1821), qui, à la suite d'un coup d'État, s'est emparé du pouvoir. Il se fait désormais appeler Napoléon III. La défaite française pendant la guerre franco-prussienne (guerre qui oppose la France et l'Allemagne, entre le 18 juillet 1870 et le 28 janvier 1871), durant laquelle Maupassant est mobilisé à Rouen, marque la fin du Second Empire et le début de la Troisième République, qui dure jusqu'en 1940.

Ce régime républicain se place sous le signe du libéralisme, aussi bien économique que politique. Les lois Jules Ferry (du nom d'un homme politique français, 1832-1893) permettent de grandes avancées concernant l'enseignement. En effet, c'est à cette époque que l'enseignement primaire devient gratuit et obligatoire. Toutefois, les études supérieures sont quant à elles réservées à un public plus privilégié, comme c'est le cas dans *Pierre et Jean* où les frères Roland bénéficient d'une éducation universitaire.

La révolution industrielle atteint son apogée dans la seconde moitié du XIXe siècle. Le système capitaliste se met alors rapidement en place et le commerce se développe tout aussi vite. Les banques connaissent un essor considérable et l'époque est fortement caractérisée par l'argent. Dans le roman, le couple Roland vit de ses rentes, témoignant de la prospérité économique de la France à cette époque. À titre d'exemple, la ville du Havre, dans laquelle se déroule le roman, devient, grâce aux échanges maritimes qui s'intensifient, le sixième port de France en 1887.

Bien que cette seconde moitié de siècle soit marquée par de nombreux progrès et développements dans différents domaines, ceux-ci ne sont effectifs que pour une partie de la population. En effet, alors que bourgeoisie s'enrichit, l'écart avec les classes les plus précaires se creuse de plus en plus. Le XIXe siècle voit en effet l'augmentation des inégalités sociales mais paradoxalement, de nombreuses avancées se font dans de très nombreux domaines : citons, par exemple, Thomas Edison (scientifique américain, 1847-1931) qui invente l'ampoule électrique et Louis Pasteur (1822-1895) qui met au point le premier vaccin contre la rage.

UN ROMAN PSYCHOLOGIQUE

Maupassant, Colette (femme de lettres française, 1873-1954) ou encore Romain Rolland (écrivain français, 1866-1944) furent les figures de proue du roman psychologique. Si celui-ci fut créé dès le XVIIe siècle avec une œuvre telle que *La Princesse de Clèves* de Madame de La Fayette (femme de lettres française, 1634-1693), il fut plus particulièrement prisé au XIXe siècle.

Le roman psychologique s'attache essentiellement à l'étude de la psychologie des personnages : il dépeint le caractère de l'individu et détermine la place qu'il occupe dans la société.

L'écrivain étaye, pour ce faire, la psychologie des différents personnages de son œuvre. Par exemple, dans *Pierre et Jean*, Maupassant a grandement insisté sur les différences physiques et morales qu'il existe entre les deux frères afin de permettre au lecteur de mieux comprendre le sens de leurs actions. De plus, on peut comprendre et étudier leur psychologie à travers leurs réflexions intérieures et personnelles, mais aussi à travers leurs actions. Dans le roman psychologique, les paysages et l'action passent donc au second plan, car c'est la psychologie des personnages qui prime. Cependant, à ce seul aspect s'ajoutent les contextes économique, politique et social de l'époque, qui influent sur les comportements des êtres humains.

Ce courant est à mettre en parallèle avec les développements de la psychanalyse par Freud (médecin autrichien, fondateur de la psychanalyse, 1856-1939) et Jung (psychiatre suisse, 1875-1961) à la fin du XIXe siècle.

UN DRAME BOURGEOIS

Pierre et Jean est un drame : l'histoire qui nous est racontée est celle d'une rivalité entre deux frères, si forte qu'elle en condamne un des deux à l'exil.

Pierre est l'enfant légitime de M. et Mme Roland mais, après la découverte de l'adultère de sa mère et l'héritage de son demi-frère, il est contraint de quitter le toit familial, ne supportant plus d'être confronté aux mensonges et aux traitrises des siens. La personnalité de Pierre semble être double, car une partie de lui aime toujours sa mère et la comprend d'avoir un jour fauté, tandis que l'autre la méprise car sa faute remet en cause la vision qu'il a de lui-même et de sa famille.

Jean, de son côté, est le fils chéri et attachant de la famille. C'est un enfant bâtard, mais ce statut ne le gêne pas car, grâce à son bon caractère, il a su s'attacher l'affection de sa mère et de son père officiel, M. Roland. Tout oppose les deux frères. Leurs valeurs, leur apparence et leur caractère sont radicalement différents, contrairement à ce que sous-entend le titre, qui donne une impression de connivence entre les deux personnages principaux.

La famille qui nous est présentée est bourgeoise et tradition-nelle : le *paterfamilias* s'est enrichi un temps à la capitale, en vendant des bijoux, et est ensuite venu vivre au Havre de ses rentes avec sa femme et ses fils. Tous vivent dans l'oisiveté. Ils sont économes, mais ne se privent pas pour autant. Par ailleurs, ils possèdent un bateau, *La Perle*, qui est ce qui reflète le mieux leur réussite sociale. Néanmoins, cette famille ne semble pas heureuse. C'est précisément là que se situe le drame du roman.

Mme Roland est une romantique qui s'évade dans ses rêves et regrette d'être mariée à un homme qu'elle juge rustre et grossier. Ses fils lui offrent des satisfactions, mais elles ne sont pas suffisantes à son bonheur. Elle ne se sent bien que quand elle prend la mer avec sa famille et qu'elle est loin de chez elle et de sa vie, qu'elle maudit.

M. Roland est simple et se contente de ce qu'il possède, mais il ignore qu'il a été trompé et que même ses fils le dénigrent.

Pierre et Jean ne s'entendent guère et ont autant de familiarité que deux illustres inconnus qu'on présenterait à une fête et qui ne se reverraient jamais plus après.

Les rapports des membres de la famille Roland sont donc froids et construits autour du non-dit et du mécontentement.

Les Roland font figure d'êtres qui n'arrivent à rien par eux-mêmes. En effet, Pierre bénéficie d'une recommandation dans ses études et Jean entame sa formation sans grande motivation. Quant au patriarche, il ne sait rien et n'a pas l'ambition d'apprendre. Tous sont insatisfaits de leur condition, sauf M. Roland qui se plait dans sa vie simple et insipide.

Cette famille bourgeoise incarne de la sorte le mensonge et la dissimulation car elle est financièrement viable, mais moralement laide. La vérité finit par se savoir lorsque tous les fards et les apparences volent en éclats. Les désirs et les réalités sont masqués pour ne pas choquer, et c'est justement cela qui heurte le plus le lecteur.

LE RÉALISME CHEZ MAUPASSANT

Maupassant, tout comme Flaubert, Balzac (1799-1850) et bien d'autres, fut un des piliers du courant réaliste qui a vu le jour vers 1850 et qui a, à son tour, inspiré le mouvement naturaliste, né dans les dernières décennies du XIXe siècle et promu par Zola. Le réalisme a pour objectif de produire des œuvres qui se veulent un parfait miroir de la vie et de la réalité des choses. Il s'agit donc pour les auteurs d'écrire des histoires vraisemblables, qui découlent d'observations minutieuses du monde qui les entoure. Le but est de donner l'illusion du réel.

Bien que Maupassant se rattache à cette catégorie, il s'insurge toutefois contre les critiques littéraires et leur besoin dérangeant de catégoriser systématiquement les ouvrages de leur époque dans la préface de *Pierre et Jean*. Il y explique que « le réaliste, s'il est un artiste, cherchera, non pas à [...] montrer la photographie banale de la vie, mais à [...] en donner la vision plus complète, plus saisissante, plus probante que la réalité même ». Cette vision des choses, tout en le rattachant au courant réaliste, atteste aussi de la singularité de l'auteur, qui ajoute une dimension naturaliste à son œuvre. Il est ainsi à la croisée des chemins entre réalisme et naturalisme. Les récits de Maupassant et les décors de son roman sont inspirés d'évènements et de lieux réels, comme c'est le cas dans les œuvres réalistes de l'époque. Ainsi, il n'est pas surprenant de constater que *Pierre et Jean* n'échappe pas à la règle puisque le sujet est directement emprunté à un fait divers. Ce roman respecte donc les caractéristiques du réalisme — tout en y ajoutant des éléments naturalistes —, y compris une focalisation complexe. Pour rappel, la focalisation est le point de vue qu'adopte le narrateur sur le récit qu'il raconte, mais aussi sa manière de présenter les personnages et les évènements.

Dans *Pierre et Jean*, le lecteur a accès aux informations de différentes manières :

- **par le biais d'un narrateur omniscient**, c'est-à-dire un narrateur qui sait tout sur les pensées des personnages et sur les évènements ;

- **par le biais d'une focalisation interne**, ce qui signifie que le lecteur est à l'intérieur des personnages et a donc accès à leurs réflexions et à leurs pensées secrètes (on assiste ainsi à la profonde tristesse de Pierre face à l'adultère de sa mère, aux questionnements de Jean qui hésite à renoncer à son héritage et, finalement, aux regrets de Mme Roland qui expie sa faute avec amertume et pleure en secret son amour disparu) ;
- **par une focalisation externe** qui permet aux lecteurs de tout voir de l'extérieur (les descriptions de lieux, de personnages et de situations) puisque le narrateur se contente de décrire ce qui se passe de façon neutre et objective.

Le mélange des différentes focalisations est un phénomène courant dans le roman réaliste. Celui-ci, s'il veut représenter le réel, a également pour but d'étudier la psychologie des personnages et a besoin, pour ce faire, d'employer la focalisation interne.

LA MER

La mer est l'un des thèmes majeurs du roman. Tout d'abord, le roman se déroule au Havre, en Normandie (la région natale de l'auteur), ville portuaire dans laquelle la famille Roland est venue s'installer.

Les descriptions qui se rapportent à la mer sont très présentes, faisant presque de cet élément un personnage à part entière. Par exemple, dans l'incipit, les descriptions qui en sont faites semblent presque plus importantes que celles des personnages :

> « Sur la mer plate, tendue comme une étoffe bleue, immense, luisante, aux reflets d'or et de feu, s'élevait là-bas, dans la direction indiquée, un nuage noirâtre sur le ciel rose. Et on apercevait, au-dessous, le navire qui semblait tout petit de si loin… » (chapitre I)

La mer est centrale pour les personnages, partageant même avec eux leurs émotions : elle symbolise à la fois le bonheur familial, lors des parties de pêche, mais aussi l'amour car elle permet la rencontre entre Jean et Mlle Rosémilly (la veuve d'un capitaine de vaisseau). En outre, elle représente la souffrance de la mère à qui le paquebot retire son enfant et qui assiste, impuissante, au départ de son fils :

> « Le paquebot, en effet, diminuait de seconde en seconde comme s'il eût fondu dans l'Océan. Mme Roland tournée vers lui le regardait s'enfoncer à l'horizon vers une terre inconnue, à l'autre bout du monde. Sur ce bateau que rien ne pouvait arrêter, sur ce bateau qu'elle n'apercevrait plus tout à l'heure, était son fils, son pauvre fils. Et il lui semblait que la moitié de son cœur s'en allait avec lui, il lui semblait aussi que sa vie était finie… » (chapitre IX)

Pour Pierre, ce sont les promenades au bord de la mer qui lui permettent de retrouver un peu d'équilibre. Elle représente également pour lui la liberté, car c'est par son intermédiaire que Pierre prend réellement un nouveau départ et rompt les liens avec sa famille.

Comme un signe de son importance, la mer ouvre et clôture le roman. L'incipit présente l'arrivée de Roland, grand amateur de pêche, accompagné de sa famille. L'épisode se déroule sur son bateau, *La Perle*. À cette cohésion familiale et au doux confort maritime répond la solitude et la tristesse de la séparation du dernier chapitre, qui présente le départ définitif de Pierre sur le bateau *La Lorraine*. Selon Claudine Giacchetti, professeur de littérature : « La juxtaposition de ces deux scènes met en valeur la profonde transformation dont nous entretient le roman, à savoir l'éclatement et la déconstruction du noyau familial » (GIACCHETTI C., *Maupassant : espaces du roman*, p. 59)

PISTES DE RÉFLEXION

QUELQUES QUESTIONS POUR APPROFONDIR SA RÉFLEXION...

- Quel jugement porte Pierre sur le mariage ? Son avis à ce propos change-t-il après avoir découvert l'adultère de sa mère ?
- Le narrateur émet-il une critique de l'institution du mariage ? Si oui, expliquez en quoi elle consiste et ce qui vous fait penser qu'il s'agit d'une critique.
- Comment se positionne Maupassant par rapport à la condition bourgeoise ? La dépeint-il positivement ou négativement ? Relevez des indices qui vous renseignent à ce sujet.
- Quelles sont les réactions de Pierre et de Jean face à l'adultère de Mme Roland ? Comment le perçoivent-ils ?
- La personnalité de Pierre est-elle la même tout au long du roman ou évolue-t-elle ?
- Que représente la mer pour chacun des personnages ?
- Qu'est-ce qui rattache ce récit au courant réaliste ?
- À quoi servent, selon vous, les changements de focalisation du livre ? Quels sont leurs effets ?
- Étant donné la complexité de la focalisation, comment mettriez-vous en scène ce roman ?
- Quelle vision de la femme prévaut dans l'ouvrage ? Est-elle originale ?

Votre avis nous intéresse !
Laissez un commentaire sur le site de votre librairie en ligne
et partagez vos coups de cœur sur les réseaux sociaux !

POUR ALLER PLUS LOIN

ÉDITION DE RÉFÉRENCE

* Maupassant G. de, *Pierre et Jean*, Paris, Le Livre de Poche, coll. « Les classiques de Poche », 1997.

ÉTUDES DE RÉFÉRENCE

* Astre M.-L. et Defradas M., *Français 3ᵉ*, Paris, Bordas, 1994, p. 135-142.
* Benhamou Noëlle, *Maupassantiana*, consulté le 9 octobre 2010, http://www.maupassantiana.fr/
* Campa C., *Panorama d'un auteur : Maupassant*, Studyrama, 2004.
* Durand A., « Pierre et Jean », in *Comptoir littéraire*, consulté le 22 octobre 2010.
* Giacchetti c., *Maupassant : espaces du roman*, Genève, Droz, coll. « Histoire des Idées et Critique Littéraire », 1993.
* Maurin G., *Les grands écrivains. Les 100 plus grands écrivains choisis par l'académie Goncourt*, Paris, France loisirs, 1991, vol. 7, p. 136-151.
* Piette M., *Guy de Maupassant, le maître de la nouvelle*, Bruxelles, Lemaitre Publishing, coll. « 50 minutes », 2015.

SUR LEPETITLITTÉRAIRE.FR

* Commentaire de lecture portant sur la préface de *Pierre et Jean* de Guy de Maupassant.
* Commentaire de lecture portant sur l'incipit de *Bel-Ami*

de Guy de Maupassant.

- Commentaire de lecture portant sur le dénouement de *Boule de suif* de Guy de Maupassant.
- Commentaire de lecture portant sur l'incipit d'*Une vie* de Guy de Maupassant.
- Fiche de lecture sur *Bel-Ami*.
- Fiche de lecture sur *Boule de suif*.
- Fiche de lecture sur *La Maison Tellier* de Guy de Maupassant.
- Fiche de lecture sur *La Parure* de Guy de Maupassant.
- Fiche de lecture sur *La Peur et autres contes fantastiques* de Guy de Maupassant.
- Fiche de lecture sur *Le Horla* de Guy de Maupassant.
- Fiche de lecture sur *Le Papa de Simon* de Guy de Maupassant.
- Fiche de lecture sur *Les Contes de la Bécasse* de Guy de Maupassant.
- Fiche de lecture sur *Mademoiselle Perle et autres nouvelles* de Guy de Maupassant.
- Fiche de lecture sur *Une vie*.
- Questionnaire de lecture sur *La Maison Tellier*.
- Questionnaire de lecture sur *La Parure*.
- Questionnaire de lecture sur *Le Papa de Simon*.

ISBN version numérique : 978-2-8062-9049-6
ISBN version papier : 978-2-8062-9050-2
Dépôt légal : D/2016/12603/817

Avec la collaboration d'Alexandre Randal pour le chapitre « La mer » ainsi que pour l'encadré « Maupassant et son époque ».

Conception numérique : Primento,
le partenaire numérique des éditeurs.

Ce titre a été réalisé avec le soutien de la Fédération Wallonie-Bruxelles, Service général des Lettres et du Livre.

Retrouvez notre offre complète sur lePetitLittéraire.fr

- des fiches de lectures
- des commentaires littéraires
- des questionnaires de lecture
- des résumés

ANOUILH
- Antigone

AUSTEN
- Orgueil et Préjugés

BALZAC
- Eugénie Grandet
- Le Père Goriot
- Illusions perdues

BARJAVEL
- La Nuit des temps

BEAUMARCHAIS
- Le Mariage de Figaro

BECKETT
- En attendant Godot

BRETON
- Nadja

CAMUS
- La Peste
- Les Justes
- L'Étranger

CARRÈRE
- Limonov

CÉLINE
- Voyage au bout de la nuit

CERVANTÈS
- Don Quichotte de la Manche

CHATEAUBRIAND
- Mémoires d'outre-tombe

CHODERLOS DE LACLOS
- Les Liaisons dangereuses

CHRÉTIEN DE TROYES
- Yvain ou le Chevalier au lion

CHRISTIE
- Dix Petits Nègres

CLAUDEL
- La Petite Fille de Monsieur Linh
- Le Rapport de Brodeck

COELHO
- L'Alchimiste

CONAN DOYLE
- Le Chien des Baskerville

DAI SIJIE
- Balzac et la Petite Tailleuse chinoise

DE GAULLE
- Mémoires de guerre III. Le Salut. 1944-1946

DE VIGAN
- No et moi

DICKER
- La Vérité sur l'affaire Harry Quebert

DIDEROT
- Supplément au Voyage de Bougainville

DUMAS
• Les Trois
  Mousquetaires

ÉNARD
• Parlez-leur
  de batailles,
  de rois et
  d'éléphants

FERRARI
• Le Sermon sur la
  chute de Rome

FLAUBERT
• Madame Bovary

FRANK
• Journal
  d'Anne Frank

FRED VARGAS
• Pars vite et
  reviens tard

GARY
• La Vie devant soi

GAUDÉ
• La Mort du
  roi Tsongor
• Le Soleil des
  Scorta

GAUTIER
• La Morte
  amoureuse
• Le Capitaine
  Fracasse

GAVALDA
• 35 kilos d'espoir

GIDE
• Les
  Faux-Monnayeurs

GIONO
• Le Grand
  Troupeau
• Le Hussard
  sur le toit

GIRAUDOUX
• La guerre de
  Troie
  n'aura pas lieu

GOLDING
• Sa Majesté des
  Mouches

GRIMBERT
• Un secret

HEMINGWAY
• Le Vieil Homme
  et la Mer

HESSEL
• Indignez-vous !

HOMÈRE
• L'Odyssée

HUGO
• Le Dernier Jour
  d'un condamné
• Les Misérables
• Notre-Dame
  de Paris

HUXLEY
• Le Meilleur
  des mondes

IONESCO
• Rhinocéros
• La Cantatrice
  chauve

JARY
• Ubu roi

JENNI
• L'Art français
  de la guerre

JOFFO
• Un sac de billes

KAFKA
• La Métamorphose

KEROUAC
• Sur la route

KESSEL
• Le Lion

LARSSON
• Millenium I. Les
  hommes qui
  n'aimaient pas
  les femmes

LE CLÉZIO
• Mondo

LEVI
• Si c'est un
  homme

LEVY
• Et si c'était vrai…

MAALOUF
• Léon l'Africain

MALRAUX
- La Condition humaine

MARIVAUX
- La Double Inconstance
- Le Jeu de l'amour et du hasard

MARTINEZ
- Du domaine des murmures

MAUPASSANT
- Boule de suif
- Le Horla
- Une vie

MAURIAC
- Le Nœud de vipères

MAURIAC
- Le Sagouin

MÉRIMÉE
- Tamango
- Colomba

MERLE
- La mort est mon métier

MOLIÈRE
- Le Misanthrope
- L'Avare
- Le Bourgeois gentilhomme

MONTAIGNE
- Essais

MORPURGO
- Le Roi Arthur

MUSSET
- Lorenzaccio

MUSSO
- Que serais-je sans toi ?

NOTHOMB
- Stupeur et Tremblements

ORWELL
- La Ferme des animaux
- 1984

PAGNOL
- La Gloire de mon père

PANCOL
- Les Yeux jaunes des crocodiles

PASCAL
- Pensées

PENNAC
- Au bonheur des ogres

POE
- La Chute de la maison Usher

PROUST
- Du côté de chez Swann

QUENEAU
- Zazie dans le métro

QUIGNARD
- Tous les matins du monde

RABELAIS
- Gargantua

RACINE
- Andromaque
- Britannicus
- Phèdre

ROUSSEAU
- Confessions

ROSTAND
- Cyrano de Bergerac

ROWLING
- Harry Potter à l'école des sorciers

SAINT-EXUPÉRY
- Le Petit Prince
- Vol de nuit

SARTRE
- Huis clos
- La Nausée
- Les Mouches

SCHLINK
- Le Liseur

SCHMITT
- La Part de l'autre
- Oscar et la Dame rose

SEPULVEDA
- Le Vieux qui lisait des romans d'amour

SHAKESPEARE
- Roméo et Juliette

SIMENON
- Le Chien jaune

STEEMAN
- L'Assassin habite au 21

STEINBECK
- Des souris et des hommes

STENDHAL
- Le Rouge et le Noir

STEVENSON
- L'Île au trésor

SÜSKIND
- Le Parfum

TOLSTOÏ
- Anna Karénine

TOURNIER
- Vendredi ou la Vie sauvage

TOUSSAINT
- Fuir

UHLMAN
- L'Ami retrouvé

VERNE
- Le Tour du monde en 80 jours
- Vingt mille lieues sous les mers
- Voyage au centre de la terre

VIAN
- L'Écume des jours

VOLTAIRE
- Candide

WELLS
- La Guerre des mondes

YOURCENAR
- Mémoires d'Hadrien

ZOLA
- Au bonheur des dames
- L'Assommoir
- Germinal

ZWEIG
- Le Joueur d'échecs